Le Jeu / et

Mystere de la Saincte Hostie / par personnages. iiii.f.q.8.

Ballets deux.

A PARIS.

Pour Jean Bonfons / Libraire / demonrant en la rue neuue nostre Dame a lenseigne sainct Nicolas.

¶ La femme commence.

DIeu ie ne scay que ie deuienne:
Et si ne scay certes que faire
Tousiours mest fortune contraire
Helas or nay ie que despendre:
Et si ie Vois mon surcot Vendre:
Jamais recouurer nen pourray:
Et ainsi de dueil ie mourray
Or nay ie maille ne denier
Ne que boire ne que manger
Si ne scay de quel part tourner
Je men Vois sans plus arrester/
Droict a la rue des iardins
Perler a Vn de ces mastins:
Faulx iuifz q puissans Vsuriers
Plein de pechez q de deniers
Si luy emprunteray finance
Dequoy iauray ma substance
Honte seroit que ie querisse
Le pain dequoy ie me Vesquisse
Car oncques ie ne fus truande
Mais iay este bonne marchande
Esbatante q fort iolye
Riche en tous biens toute ma Vie
Mais iay tant faict de mes deux mains
Que suis Venu du plus au moins
Or suis ie/q si ne scay dequoy

Mais quoy/necessite na soy:
Jray ie donc ferap ie bien?

Par le grand dieu il ne vient rien
Jap bien veu quõ venoit de tire
Ceans pour argent emprunter:
Que ie prestois a toutes gens
A vsure dessus bon gage
Car ie ne scap autre langage
Cest ma vie:cest mon labour
Ne viendra il huy en ce iour
Nully pour argent emprunter.

La femme.

Je ne scap plusquel part tourner
Je vueil aller sans plus attendre
Et si vueil ce surcot cy prendre
Vers le iuif emprunter:
De largent pour moy conforter
Et mayder en necessite
Jacob/ie tap cy aporte
Mon surcot prest moy dessus
Trente solz/nen demande plus
Et ie te les rendray briefuement.

Le iuif.

Je le ferap ioyeusement
Mais tu en payeras les monte:
Voila trente solz:or les comte
                        A ii

Pour scauoir sil est pas tel.
Il regarde la robbe
La femme
Le comte y est tresbien a bel
Vous me faictes tresgrand plaisir
Et qui Vous est a desseruir
Si ie puis par quelque autre fois.
Le iuif.
Ie te diray a peu de plois
Et de cecy taduertiray:
Quand tu auras le tien donne
Ou despendu:reuien a lautre
Et maporte bons potz de peautre
De cupure:ou bonne Vaisselle
Dor ou dargent ou escuelle
Linge ou lange:ou drap de Value
Tu sois tousiours la bien Venue
Ne te chaisle/ne te desconfortes
Mais que bons gages tu maportes
Nen doute point dema raison
La femme.
Vous estes homme de maison/
Iacob se tiens ie:cest bien dict
Ie reuiendray sans contredict:
Vne autre fois
Le iuif.
Adieu mampe

La femme.

A Dieu qui vous rompe le col/
Ou quon vous pende a vn licol
Si me demourra cest argent
Ie vous dy bien mes bonnes gens:
Tant comme argent durera:
Quant il fauldra hay qui pourra
Ou il mourra ou ie mourray/
Comment quil soit macquiteray
Par tromperie ou par friuolle:
Au pis aller prendray ma robbe
Vn autre tauray si la desrobbe
Ou aumoins par aucun eyoine
Ou parquelque autre voye feray
Que vne autre aussi bonne tauray/
Il en fauldra de quelque part.

Le iuif.

Ma femme mettez la apart
Ie y ay attache vn breuet:
Et la mettez bien/il me plaist:
Ie croy bien quelle nous demourra.

La femme

Iacob bien croy que non fera/
Elle est bonne & vaut trop mieulx/
Que trente solz se maist dieux
Cest vne bonne femmelette.

La mauuaise femme.

Ma besongne n'est pas trop nette
Voicy de pasque la iournee
Ne serois autrement paree
Ie seray regardee a honte
Nul ne tiendra de moy comte/
Si ie n'ay mon garnement
Helas ie ne scay pas comment
Ie puisse trouuer la maniere.

Le iuif.

Le ieu ne va nanani nanriere
Voicy des chrestiens la pasque
Ie ne voy nully qui se haste
De venir argent emprunter
A moy aussi men aporter/
Ie suis de tout bien malheureux.

La mauuaise femme.

He dieu que iay de courroux
Et bien me dois desconforter
Quant onc ie vins emprunter
A ce faulx iuif trente solz/
Sur le meilleur de mes surcolz.
Helas il est huy la iournee
Que ie deusse estre paree:
Aussi bien que sont mes voisines
Mes parentes & mes cousines
Et ie suis nue comme vn ver/
Par mame ie dois bien desuer

Et hayꝛ lheure que ie fus nee
Quant ie suis eꝇ tel destinee/
Quil me faut aller par la Bille
A bꝏ tel iour sans croiꝛ ne pille
Sans surcot ne sans boꝇ habit
Certes ie creue de despit
Toutes les fois quil meꝇ souuient
Quant ie maduise il me conuient/
Aller iusques, bers ce iuifʒ
Et luy prieray par boꝇ aduis
Sans mocquerie ne sans lobbe
Quil me preste ennuyt ma robbe
Et que demaiꝇ au plus matiꝇ
(Par la foy que au pere diuiꝇ
Ie doy)ie luy raporteray
Ie bois ouyꝛ sa bolunte
Scauoir si iauray ma demande:
Sire:dieu qui puissance a grande
Sur toute humaine creature/
Bous doint paix/ɇ bonne aduenture
Et a tous ceuꝯ que bous aymeʒ.

        Le iuif.
Et Dieu bous gard: que demandez/
Boulez bous emprunter monnoyeꝫ
        La mauuaise femme.
Nenny sire/mais ie benoye/
Bous prier que pour Dieu amour:

Pour la reuerence du iour/
De noftre pafque qui eft huy:
Et que doy receuoir celuy
Qui eft mon Dieu a mon fauueur
En la reuerence a honneur
Qe Bueillez prefter mon furcot/
Et Bous laurez tout auffitoft:
Que le bon iour fera paffe
Par ma foy a chreftiente/
Le furcot Bous raporteray
Et fi bon gre Bous en fcauray/
Qua toufioursmais Boyant chacun
Eftranze/priue/ou commun
Seray Boftre ferue a ampe.

Le iuif.

Par mahe Bous ne laurez mye
Si trente folz ne me baillez
Et a quel fin fuis ie taillez
De le Bous bailler madame
En ma Bie mais ne Beis femme
Qui fut de Bous moins efbahye
Car bien Bous pouuez dire pie
Encores ne lauez Bous pas:
Bous eftes en mauuais trefpas:
Si ne me le baillez de largent.

La mauuaife femme.

Ie ne pourrois par mon ferment

Helas dieu qui les griefz destrois
Endura pour nous ie nay croix
Et si nay point ne vin ne bled
Ne gage/si ne lay emble
Fors ce que porte auec moy
Si vous prie en lhonneur de dieu
En qui ie croy entierement/
Que me prestez mon vestement.

Le iuif.

Veulx tu que ie te die comment:
Tu tabuses de men parler/
Mais si tu me veulx accorder
Ce que ie te demanderay/
Ton vestement ie te rendray
Sans moy payer vn seul denier
Et que tu faces sans targer
Cela que tu me promettras.

La mauuaise femme.

Certes demande/& tu lauras:
Si cest chose au monde nee
Qui me puisse estre habandonnee
Et dequoy ie puisse finer.

Le iuif.

Finer en peulx deuant disner
Ie le scay bien certainement/
Mais que tu faces sagement:
Et que tu tiennes loyaute
hostie.

B

La mauuaise femme.

Ie te prometz en feaute
Que ie ne scay chose si grand
Que ie ne face a ton commans
Mais que me rendes mon habit.

Le iuif.

Or vienca/tu mas icy dict
Quil est ta pasque/a que tu dois
Receuoir cil en qui tu crois
Si tu le me veulx tout entier
Cy aporter (pour essayer
Sil est vray ce que les chrestiens
Ont vn dieu) par quanque ie tiens
De ma loy tu auras la cotte/
Sans croix/sans pisse/a sans riotte:
Si que aduise si tu peulx
Le maporter/a si tu veulx
Gaigner trente solz bons a lheure.

La mauuaise femme.

Tu me requiers chose trop dure:
Si dieu maist que ie le vendisse
Comme Iudas/haro quel vice:
Mon dieu ie serois bien damnee
Que lhostie digne a sacree
Qui est le corps de Iesus Christ
Pour auoir vn peu de profit
Vendisse: ha quel horrible chose

Le iuif
Scais tu quil est a la perclose
Si tu ne le faictz crop de drap
Que ton furcot Vendre feray
Sans attendre ne iour ne terme.
     La femme du iuif.
Bien es folle deftre si ferme
En ta loy chetiue meschante/
Et recoy l'hoftie en ta bouche
Et de fangue point ny touche
Et la metz apres en ta main:
Du tu la mettras en ton fain
Et ten reuiens bien copement/
On nen fcaura ia rien nullement
Et tu feras aumoins paree
Sans paper mont ne fouldee
Nesse pas grand gaigne en malheure.
     Le Iuif.
Si tu ne le faictz a cefte heure
Ton habit te fera Vendu
Et par moy te fera rendu:
Si tu le Veux si que choify.
     La mauuaife femme.
Et ie le te prometz ainfi
Attens moy tantoft reuiendray
Et mon dieu ie tapporteray
Comment quil foit deuant midy.
                    B ii

Le iuif.

Or ca ie t attendiay icy
Demeure moins que tu pourras
Ie te prometz que tu Verras
Bonne chose si elle mapoite
Ie Vueil que le dyable memporte
Si ie ne luy donne a souffrir.

La femme du iuif.

Par mahe ien ay grand plaisir
Aumoins Verray ie a ceste fois:
Ce que les chrestiens mollois:
Dient ҁ maintiennent estre tel.

Le iuif.

Si ie le tiens en cest hostel
Ie te prometz quil y perra
Et si tost Venu ne sera
Que ne luy liurce Vn assaut.

La mauuaise femme.

Or sus iay Vise quil me faut:
Accomplir ce que iay promis
A ce faux ҁ peruers iuif
Ou autrement ie suis perdue
Et si demeure toute nue
A ce bon iour de pasque cy/
Voicy leglise sainct Merry/
Ie y receuray mon sauueur
Si acompliray le labeur/

Que iay promis de foy fermee
Mon cher seigneur sil vous agree
Ie vous prie que me deliurez
Et mon sauueur maminiſtrez
Tandis que vous auez loiſir
Ie fus hier au diuin plaiſir
A confeſſe a vous bien matin:
Et ſi me ſuis de cueur benin
A ce matin reconſeillee
Et vous prie que ſil vous agree
Que me deliuriez preſtement.

Le preſtre reueſtu.
Mampe tout incontinent/
vous le donray ſil plaiſt a dieu/
Agenouillez vous en ce lieu
Diſant voſtre confiteor
Clerice: baten au treſor/
Et allume legerement.

Le clerc de ſainct Merry.
Liberica toſt venez auant
Si ayderez a communier
vne femme qui vient prier
Que preſtement ſoit deliuree.

Le premier bourgeois.
En lhonneur de la vierge honoree/
Au monſtier irons mes amys
Car eſtre ne pouuons commis

B iii

Plus notable besongne faire.
    Le second bourgeois.
Ceste besongne doit bien plaire
A tout le monde Vniuersel
Car cest le sainct corps Viuifiel:
De cil qui pour nous Voulut mourir.
    La femme faict semblant daualler.
Beaux seigneurs Dieu Vous puis merir
Lhonneur que Vous mauez prestee
Notablement suis ordonnee:
Loue en soy la Trinite.
    Le premier bourgeois.
Soeur dieu Vous doint paix z sante/
A dieu Vous soyez commandee.
    La femme.
Seure ie suis reconfortee/
A ceste fois me puis Vanter/
Car mon Vouloir est accomply:
Or tien regarde Vez le cy
Le sauueur de lhumain lignage
Ie tay faict Vn beau Vasselage
Tu men dois bien remercier/
Car qui donroit Vn droit millier:
De francs pour faire sagement
Ce que iay faict/ certainement
On ne leust sceu mieux compasser.
    Le iuif a sa femme.

Rien va se mettre reposer
Et luy aporte son habit:
Ōn verra tantost quel delict
Les chrestiens y peuuent prendre.

La fille du iuif.

Ha mere quil est blanc a tendre
Laissez le moy vn peu tenir.

Le filz du iuif.

Et moy laissez le moy tenir
Et par mahe il mest moult bel
Il est aussi blanc quung aignel
Ha hay/monstrez le moy ma mere.

La femme du iuif quiert la
robbe de la femme.

Paix parlez bas pour vostre pere
Sil vous oyt vous serez batus
Laissez le la/mettez le ius
Vostre pere me blasmeroit.

La fille.

Et par mahe on ne pourroit
Voir plus beau/regardez frere/
Sa couleur est plus fine clcre
Que cristal.

Le filz du iuif.

Ha hay tu dis vray
Au monde nest plus beau a voir:
Ha hay ma soeur que serons riches/

La femme du iuif

Voicy le surcot q la pelice
Ce mest aduis par le surcot
Faictes en ainsi quil vous plaist
Veez le la.

Le iuif.

Or tenez mamye
Je vous fais grande courtorsie
Pour vne bien petite chose
Allez vous en cachee q close
Que voz voisines ne vous voyent.

La femme

Nenny cuydez vous quilz sapercoiuent
Ce quentre nous affaire auon
Je prens conge de vous preudhom
Adieu dy iusques au reuoir.

Le iuif.

Adieu:car il nous faut scauoir
Si le Dieu en qui chrestiens croyent
Et par qui tant ilz nous haboyent
Ha vertu:pouuoir q puissance
Mettez vous tous en ordonnance:
Autour de ce coffre/q voyez
Comment chrestiens sont desuoyez
De croire en vne telle oublie:
En disant quelle a sang q vie
Et que cest leur Dieu proprement.

La femme du iuif.

Ie ne scay qui a ce les meut
Mais mieulx scauoir on ne se peult/
Que maintenant.

Le iuif.

Cest tout fin vray/
Et pource ie y essayeray
De ce caniuet que veez cy:
Si fera en despit de toy
Et de tous ceulx que tu formas:
Et qui nous disent que icy bas
Prins chair humaine en vierge femme.

La femme du iuif.

Helas il seigne quel blaspheme:
Ha par Mahom il est en vie.

La fille a genoux.

Helas doulx pere ie vous prie.
Que vous ne le despecez pas.

Le filz en plorant.

Helas il seigne/helas/helas
Mon pere pour dieu cessez vous
Helas il est tant bel/& tant doulx:
Baillez ca ie le garderay.

Le iuif tout esbahy.

Or paix: ou bien ie vous battray/
Merdailles/vous faut il parler
Paix tout coy sans plus babiller:

Lhostie.

A ce coup ie Bous frapperay
De ceste escourgee singlant
Tant que Berray couler le sang
De Boz flans & de Boz costez
Aussi bien que le temps passe/
Fut onc Iesus:croyez de Bray.

La fille.

Helas mon douy pere/ie Boy
Couler le sang de toutes pars
Et pour dieu ne le tuez pas
Bostre face si est trop fiere.

Le iuif.

Ie men Bois querir la derriere
Mon grand cousteau/que ie despece
La chair icy feray mainte piece
Emprieu/deux/trois/quatre/cinq/il me sem=
ble
Par le grand dieu quil se rassemble
Il est entier comme deuant
Ie suis forcene maintenant
Ienrage/ie ne scay que dire
Ie te feray autre martyre
Endurer ou ie ne pourray.

La femme du iuif.

Di monseigneur ie Bous diray
Ie Bous prie pour dieu en amour
Que ceste hostie de Balour

Soit en Vn lieu conservee
Car certes ie suis si troublee
De ce que sang en est yssus
Que Voir ie ne le pourroye plus
Si que pour dieu Vueillez cesser.

Le iuif.

Et comment Vous fant il mesler
De chose que ie face ou die
Ie luy feray perdre la Vie/
Par le grand dieu:ca maistre ca:
Il me souuient bien de pieca/
Fustes de noz predecesseurs:
Par Voz fauces ⁊ mauuaises erreurs
Crucifie:en leur memoire
Sachez que le serez encore
En despit de cil qui Vous a
En ioye/⁊ qui Vous forma
Comme les chrestiens iargonnent.

℄ Cy prent Lhostie ⁊ la cloue
dun clou en Vne consonne/⁊
le sang en coule a terre.

La femme du iuif.

Las toutes douleurs mauironnent
Mon amy quand telle hydeur Voy
Cessez Vous pour lamour de moy
Mon amy ie Vous en supplie

Le iuif.

Cii

Je croy que tu es enragee/
En despit de toy non feray
Puis en vn grand feu ie lardray
Et leussent iure sur les dentz.

⸿ Il la iette au feu /⸴ il ne
se y veut pas tenir.
La fille.

Il ne se veut tenir dedans
Beau pere pour dieu cessez vous
Et apaisez vostre courroux/
Je vous en prie a ioinctes mains.

⸿ Le iuif prent vne lance /⸴ frappe
Lhostie contre la cheminee.

Point nauray paix de ces putains
Que dieu en puisse auoir mal gre/
Tantost en seray desiure:
Car en despit de dieu ⸴ delles
Qui sont tant piteuses ⸴ fresles
De ceste lance le frapperay.

⸿ Icy prent vn cousteau de cupsine:
⸴ hache lhostie parmy la maison.
Le filz en plorant.

Cessez vous beau pere ha hay
Voulez vous tuer tel enfant/
Aduisez la couler le sang
Oncques tel pitie ne fut veue.
Le iuif.

Paix tout cop/car si ie me argue:
Les diables emporteront tout/
Ne feray ie mye a mon goust
Dun ribaut que iay achete
Or ca/que dieu en ayt malgre
A ce coup serez vous bouilly
En ceste chaudiere cy
Et leust iure dieu a sa loy.

La femme du iuif.

Helas monseigneur laissez lay
Bien estes felon a crueux
Quand miracles si glorieux
En vostre cueur ne conceuez/
Courage dennemy auez
Plein de rancune a de venin:
Quand pain si noble a si benin
Que le sang en saut en tous lieux
Ne cognoissez vous point si mest dieux
Bien vous monstrez estre tyrant
Fol a inique molestant:
Et tresperuers persecuteur
Mon doux amy apaisez vous
Mettez vous cy a deux genoux
Et ladorez en luy priant
Que sa grace vous soit donnant:
Et quil vous vueille pardonner
Voz meffaictz a pardon donner:

De ce que luy auez meffaict.
Le iuif.

Auant que Bous auez de plaict
Ie Bous prie debatez Bous moins
Iamais ne faudra de mes mains:
Tant quil soit bouilly ꝗ ars
Et mis en plus de mille pars
Par celuy qui fist ciel ꝗ terre
Autreffois luy ont liure guerre
Mes deuantiers/ne sonnez mot
Ie croy quon Berra assez tost
Sil demourra en Bie ou non.

La fille.

Helas/helas/ quel mesprison
Ie Boy leau toute sanguine/
Du le corps de dieu noble ꝗ digne:
Se ioue ainsi comme Bn enfant
Tresglorieux pere puissant
Dueillez cy Boz Bertuz monstrer
Tant que mon pere puisse cesser:
Sa fureur ꝗ sa grand malice.

Le iuif.

Tire toy arriere dicy lisse
Et Bous aussi Buidez dehors:
Du Bous courrocerap du corps
Par ma loy agas quel merdaille.

ℭ Icy apert Bn crucifix en la

chaudiere contre la cheminee.

La femme.
Doulx dieu quelle dure bataille
Ha Roy glorieux dieu quesse la
Vray dieu voila ton cher filz
En semblance dun crucifix
Doulx Dieu/doulx Dieu/mercy te crie
Vraye hostie sacrifie/
Mercy te crie de cueur deuot.

Le iuif.
Haro fuyr men faut tantost
Je ne puis plus cy arrester
Ce dieu la ne puis reg. ter
Diables condamnez quay ie faict
Japercoy bien mon grand meffaict
Jenrage de sanglante rage.

La fille.
O precieux r digne ymage
Qui mort sans raison enduras:
Et quen ce lieu cy souffert as
Si trescruelle passion:
Et si grand desolation
Que nul ne le pourroit nombrer
De ce faict vueillez descombrer
Ma mere/ mon cher frere r moy
Car ie confesse r si cognois
Que tu es le sauueur du monde:

Le filz.

O crucifix diuin a munde
Ie te requier mercy a grace
Plus ne serap en ceste place:
Car bien Bop quelle est interdicte
Et de ta puissance maudicte
Maudict soit il qui mengendra
Et la Bieille qui taporta
Ceans:pour souffrir tel douleur.

La femme du iuif.

Cy ne ferap plus de demeure
Belle fille trousse Bien ten
Allons Boir quelque bon parent
Qui nous poutra reconforter.

La fille.

Dous ne pouuez mieup aduiser
Mere:car ains quil soit minuict
Celup que mon pere a destruict
Luy en donra Bn bon papement

¶ La femme a ses enfans sen Bont/a le
iuif demeure sur son lict tout enrage.

La femme du iuif.

Ce ferap mon certainement
Ie mp attens bien/ne ten doute
Pource laisserap la maison toute
Pour ses meffaictz a ses abus
Ainsi quil a apareiste

¶ Cy a Vn oratoire de saincte croix
ou lon sonnera a Dieu leuer.
Martine Vestue en Vieille.
Benedicite dominus
Voila ia dieu de la grand messe/
Et que me dira ma maistresse
Que la table ne sera mise:
Nonobstant giray a leglise/
Puis men Viendray a lhostel:
Car le sacrement de lautel
Doit on seruir par deuant tous.
     Le premier enfant de Paris.
Or sus Robinet hastons nous
On a sonne a dieu leuer
A saincte croix ie y Vueil aller.
     Le second.
Attens moy Michelet giray
Aussi en ay ie grant talent.
     Le filz du iuif qui les rencontre.
Ou fuyez Vous si hastiuement
Dictes enfans quallez Vous faire.
     Le premier.
Voir allons le roy debonnaire
Qui pour nous la mort endura
Et auiourdhuy ressuscita
Pour sauuer lhumaine lignee.
     Le filz du iuif.
     Lhostie.

D

Par ma loy ne vous haftez mye:
Car pas neft en voftre monftier.

Le fecons.

Truc auant il ne fe faict que mocquer
Allons nous en.

Martine.

Et quelle enfans
Que vous a ce iuif comte
Dictes le moy que demande il.

Le premier.

Et quil demande/a que fcait il
Il demandoit ou nous allons
Et nous difons que nous voulons
Aller voir dieu/q il nous a dict:
Que noftre fauueur Iefus Chrift
Neft point au monftier.

Martine.

Il fe mocque:
Peu fen faut que ie ne le crocque/
De ma main fur fon chaperon.

Le filz du iuif.

Certes il eft en noftre maifon
Nen voftre monftier neft il pas:
Ne fcay fi le tenez agas
Mais mon pere la crucifie
Et dun bon caniuet perce:
Tant que le fang en eft yffu/

Et puis outre plus la Boulu
Arboir dune bonne bourree
Et puis dune lance serree
La boure en noz apsemens
Mais il ne Beut entrer deBans/
Et puis la mis en noftre cHaudiere;
Tout ainfi clair que Bne Boirriere;
Et auffi entier quoncque fut
La ou eft Boftre dieu deuenu
Dn Homme crucifie en croip
Day Boir fi tu ne men crois
Car par ma loy il eft ainfi
Et pource plainement ie dp
Quen Boftre monftier ne pourroit eftre;

Martine.

Que ne Bous bougez de ceft eftre;
Beaup enfans ie Bous en pne
Et fi lup tenez compagnie
Et ie iray Boir que ce fera/
Et fi Berite dict nous a;
Et par Bieu quanb reuienBray;
Ie fcap bien que ie Bous bonray
Mais qua nully nen dittes mot;

Le feconb.

Dr reuenez doncque tantoft
Et nous Bous attenbrons icp
Ioue toy auec nous mon amp

D ij

Voicy des oeufz/Veulx tu bouller.
·Le filz.
Ouy/si men voulez donner
Car ie nen ay nulz maintenant.
Le premier.
Ouy tu en auras:oz auant
Boullons au long du cymetiere.
Martine.
Ha douce vierge tresoriere
Que ie sens mon courage estrainct
Aduis mest que ie le presaint
Dune grosse chaine de fer
Oncques mais ie noups comter
Chose qui tel hydeur me fist:
Que cela que ce iuif ma dict
Par dieu ie prendray ce vaisseau
Qui est(ce mest aduis)net & beau
Et feray semblant en maniere
Que ie sois vne chambriere
Et que ie voyse du feu querre
Pour voir si ie pourray enquerre
La verite de ceste chose.
Pausa.
Ha precieuse & digne Rose
Qui portas mon Dieu immortel
Que voicy vn crueux hostel
Que voicy treshorrible ioye:

Que voicy cruel apareil
Glorieux Dieux/ Glorieux Roys:
De vostre signe de la croix
Marmerap/ ¿ ny voy plus bel.

¶ Elle se signe/ ¿ prens du feu
¿ lhostie saut au platel.

Glorieux pere spirituel:
Estes vous ainsi desole
Ha doux Jesus tu sois loure:
Jay ce que mon cueur desiroit
A leglise men vois tout droict
Porter ton corps tresprecieux:
Qui tant est digne ¿ glorieux
Que nul nombrer ne le pourroit:
Ton treshaut nom loue en soit
Quant il t a pleu humilier
Et toy a ma main abaisser
Benoist en soit ceste iournee.

        Le iuif.
Haro/ haro/ quelle destinee
Par le grand dieu ie suis perdu
Je suis destruict ¿ confondu:
Bien malheureux ¿ mauuais glout/
Quand ie nay sceu venir a bout
Ne accomplir ma volunte:
De ce dieu que iay tourmente
En despit du filz de Marie

                        D iij

Lon me feroit perdre la vie
Son sen perroit aucunement
Pource men vois brstement
Uupder leau de ma chaudiere
Dieu quest ce cy: de quel matiere:
Elle est blanche/rouge/z noire:
Et ma maison vert comme poyure:
Voicy bien pour yssir du sens:
Je la ietteray aup aysemens:
Aup chambres qui sont la derriere/
Affin quon ne puist la maniere
Scauoir du faict ne la iournee:

Martine.

Di ca ie voy bien comment
Je suis de bonne heure nee
Par elle toute creature
Qui a en luy sens de nature:
Se doit mettre a son pouuoir
En bon estat:car aussi voir/
Que Dieu est ie scay de certain
A tresdoulx Dieu:pere hautain
Qui est dessus moy descendu:
Et es par pitie venu
Comme sur pecheresse lasse
Nonobstant quen estat de grace
Estoit en bonne verite
Mais laisse auoye en pensee

De lemporter auecques moy/
Et touteffois maintenant voy
Puis que ientray eŋ ce monſtier:
Que dicy ne me puis bouger/
Et me ſemble que ſuis ſpee
De lyens/ τ auy peuy bendee
Et ſi ne ſcay que ce peut eſtre
Pour dieu ſi ceans a nul preſtre
Quil vienne vŋ peu parler a moy/
Car tout moŋ cas luy comteray;
Iamais celer ne le pourroye.

Eſt il vray ce que ie diſoye
Auez vous voſtre dieu trouue:
Certaiŋ ſuis quil eſt bien trempe
Ie croy quil eſt eŋ gros moxceauy.

Eſtes vous cy mere ſumeauy
Nous vous auons bien attendu/
A vous trouue le Roy Ieſu
Que ce iuif ſot vous diſoit?

Par ma foy de mot ne mentoie
Et pource ie vous prie a tous
Que le preſtre vienne a genouy
Pour receuoir ce que ie garde

Quest ce la?

Martine.

Ha sire regarde/
Mon Dieu que ie te presente
Quay trouue a heure presente
Dedans lhostel dun faux iuif
Qui dessus le feu lauoit mis/
Bouillir dedans vn chauderon
Et quant ientray en la maison
Ie fus si tresespouuentee
Que si ie ne me fusse armee
Du signe de la croix/sans doute
Ie fusse contrefaicte toute
Auant/mais ie cuidoye passer
Celle eglise/a mon dieu garder:
Mais cy iay este arrestee
Danges(la chose est bien prouuee)
Car enuiron moy ie les sens
Parquoy sire/ie les vous rendz
Et le vous liure/ Le iuif sot
Si vous dira de mot a mot
Comme le cas est aduenu.

Le prestre a tous les autres
a genoux/qui le prent.

Ha tresdoux glorieux Iesu/
Bien viennes en ton tabernacle
Voicy vn tresnoble miracle

Beaulx seigneurs prenez cel enfant
Et allez au preuost criant
Dire quil voise a toutes fins:
En ceste rue des iardins
Prendre lhorrible malfaicteur
Qui nostre souuerain createur
A mis a ceste malle facon.

Le premier bourgeois.

Vous ne demandez que raison
Ie y vois/τ allez a leuesque
Et quil ne songe ne arreste
Et quil vienne a tout ses clercz
Affin que le iuif diuers
Soit pugny tout incontinent.

Le filz du iuif.

Mon pere se doit brayement/
A nostre maison sur son lict
Et si trouuerez au delict/
Tous ses instrumens par lhostel.

Le prestre de sainct Iean.

Ie vois reposer sur lautel/
Le benoist sainct sacrement
En verite il est decent
Que chacun boye laparence.

Un autre prestre.

Certes vous ferez grand science
Et sapartient bien de sonner
Lhostie.

Et deuons tous en haut chanter
Dacord Te deum laudamus.

Monseigneur entendez au nom de Jesus
Sil vous plaist ¢ de la vierge Marie
Si ma parolle est esmupe
Pour dieu ne vous esmerueillez:
Il faut que vn peu trauaillez
Acompagne de voz sergens
Car il y a plus de mille ans
Qua paris telle chose naduint/
Si ay ie ouy dire a plus de vingt
Quil est aduenu a ce iour.

Le preuost.

Et quest ce?

Le premier bourgeois.

Cest vn traicteur/
Lequel demeure a la rue
Des iardins/¢ a tant batue/
Tuee/arce/nauree/bouillie/
Vne sacree ¢ digne hostie/
Que le sang en est espandu
Par lhostel/si vous suis venu
Dire comment vne matrosne
Des bonnes qui soit souz le trosne:
La aporte de bans sainct Jean

En greue/a tel ahan
Que dieu scet:ce que pour dieu site
Allez vistement sans mot dire
Prendre le iuif sur son lict
Car il y est ce ma lon dict/
Son filz nous a comte le faict.

Le preuost.

Ca sergent que chacun soit prest
Cest vn miracle euident
Or seigneurs legierement
Allons prendre ce faux heretique
Paye sera de son merite
Ains que iamais iarreste pas.

Le premier sergent pour tous.

Monseigneur nous ne faudron pas
A faire vostre bon vouloir
Car prest sommes matin a soir
De faire vostre commandement.

Le second bourgeoie parle a leuesque de Paris.

Souuerain pere reuerend
Necessite est/il ne vous greue
Que bien tost a sainct Jean en greue
Venez pour voir vn miracle:
Qui peut bien estre dict pinacle
Dune saincte hostie sacree
Qui par vn faux iuif tourmentee

G ii

A esté:oz a Dieu voulu
Par sa grand puissance ⁊ vertu
Quelle soit leans emportee
Par vne femme bien heuree
Qui en a bien faict son deuoir
Ainsi que vous pourrez scauoir
Si que venez hastiuement
Et admenez de voz conuens/
Clercz/mandiens/⁊ possesseurs:
Car vous trouuerez ie me vans
Que le preuost est ia party
Pour aller prendre le iuif
Et pour faire information.
      Leuesque.
Celuy qui vit en vnion
Soit loue de ceste tournee
Il nous conuient faire assemblee
De noz clercz:⁊ allez au deuant
Du preuost:⁊ faictes tant
Quil nous attende en quelque place.
     Le second bourgeoys.
Ie le feray a la Dieu grace
Monseigneur a dieu vous commande.
     Leuesque.
Official soyez pensant
Que nous ayons tantost des clercz
Saiges/subtilz/cauy ⁊ expers

Pour distinguer ceste matiere
Car faire vueil tant quil y pere
Pour en monstrer exemple a tous.

Lofficial.

Mon seigneur ne doutez de nous
Nous sommes tresbien pourueuz
Trestous au nom du Roy Jesus
Car ce faict requiert diligence.

Leuesque.

Sil est ainsi comme ie pense
Jen auray tantost ordonne
Car le iuif sera bruslle
Ains que iamais gouste de pain.

℡ Le preuost/le bourgeois/z le sergent
Vont ensemble a sainct Jean de greue.

Or sus aincops huy que demain
Prenez ce petit iuif sot
Affin quil nous maine tantost
Du demeure son felon pere
Je voy bien que la chose est claire
Lhostie est ceans vrayement.

Le second bourgeoys.

Gardez la bien reueramment
Car voicy leuesque qui vient.

Le prestre de sainct Jean.

Or doncques il nous conuient
Sonner a sa noble venue

G iii

Car puis que la chose est sceue
Brief en sera expedie.

Le filz.

Voicy ou mon pere est loge
Ou il a faict le meffaict
Monseigneur.

Le preuost.

Entrez dedans τ de faict
Si prenez femme τ enfant
Et le faulx iuif infaict puant
Voicy les tourmens preparez
Prenez le faulx souldier prenez
La femme τ la fille aussi.

Le premier sergent.

Jamais ne partiray dicy
Jusqua tant que tout sey brebra.

Le iuif.

Quest ce la seigneurs/questce la/
Que demandez vous la?

Le preuost.

Ha faulx trahistre estois tu la.

La femme du iuif.

Questce la seigneurs/questce la.

Le preuost.

Si dieu maist on le te dira
Estes vous gens de telz erreurs.

Le premier bourgeois.

He dieu que dameres douleurs
On a faict alhoftie diuine
Voicy leau toute languine:
Du bout lue font:regardez.

Le second bourgeoys
Gardez quil neschappe/gardez
Voicy vne grande dempe lance
Enlanglantee iufques au manche
Dont percee font Vilainement.

Le second enfant de Paris.
Nous prendrons de ce lauement
Sil plaift a dieu qui tout crea/
Car eau benoifte ny a
Qui foit delle plus precieufe.

Le iuif.
Voicy chofe moult merueilleufe
Beaux feigneurs que demandez vous
Vous emportez mes biens treftous
Ma chaudpere et mon triple
Doy te doncques eftre pille
Ay ie ame tue ou meurdry.

La femme.
Helas ouy.

La fille.
Helas ouy.

Le filz.
Las pere bien fommes defere

Tous les meschefz sont descouuers
Tu ny peux plus remedier.
Le preuost.
Sus sus pensez de le lyer:
Et auancer legierement
Monseigneur leuesque voirement
Trouuerons a lhostel de la ville.
Le premier bourgeois.
Sil plaist a Dieu/ a sainct Gille
Iemporteray ce caninet
Car le precieux sang y est
Qui de lhostie yssit hors ains.
Le secons bourgeois.
Celle chaudiere a tout le moins/
Auray/ si en feray relique
Car le miracle est autentique:
Si le doit chacun annoncer.
Le preuost.
Reuerend pere en Dieu trescher
Et vous tous sages clercs & lais
Voicy le faux iuif mauuais
Qui a faict le plus piteux faict:
Dont iay information faict
Qui oncques aduint a Paris
Et quil soit tel que ie le dictz
Voicy son filz qui la cogneu
Voicy sa femme la veu

Voicy les bourgeois honozables:
Qui sont tesmoings si tresnotables
Que raison en est trescontente
Voicy la matrosne prudente/
Qui a la saincte & digne hostie
Aussi tost quelle fut seignee
A receue en son platel
Je le vous dictz le cas est tel
Faictes luy dire verite:
Car ie vous iure en loyaute/
Que oncques homme ne hay tant.

      Leuesque.

Dz vienca iuif vien auant
Dy verite on te fera grace
Dont est venu ceste fallace:
Que dun faict si tresoutrageux.

      Le iuif.

Euesque & vous preuost tous deux/
Pour vous respondre a vn bref mot/
Vn iour prestay sur vn surcot
Trente solz a u vne chrestienne
Qui vaut se maist dieux pis que chienne
Laquelle le vint demander:
Pour soy a sa pasque parer
Et disoit quelle nauoit croix
Mais me disoit sauue tous droictz
Lendemain le raporteray

      Lhostie.   F

Quant le bon iour passe seroit
Et ie luy dictz a vn mot brief
Que de moy ne viendroit a chef
Si cil que receuoir deuoit:
Secrettement ne maportoit
Vray est quelle me laporta
De sainct Merry ou elle alla
Et sa robbe luy rendis lors:/
Quand de vostre dieu euz le corps:
Si essayay sil auoit vie
Ie trouuay que ouy. Enuie
Me print de le crucifier
Ietter au feu/a persecuter
Et contre terre trebuscher
Bouillir/batre/a lapider:
Et tousiours demouroit entier
Comme au premier/cest chose voire/
Adoncques me vient en memoire:
Comme ma femme me tensoit
Dun propre crucifix estoit
Que point ie ne peuz regarder
Ma femme ie me prins a blasmer
Et mes enfans auecques elle
Et cuydant que ce fust cautelle/
Et que ce ne fust que folye
Par fine droicte enragerie/
Ie mallay ietter sur mon lict:

Je ne scay quon vous a dict/
Mais ie vous en dictz tout le vray
Pource que certainement scay
Que me voulez desheriter/
Mais ia pieca ouys comter/
Quon trouue dedans voz escritz
(Nolo mortem peccatoris:
Sed vt conuertatur & viuat)
Sainsi est bien veu mon estat
Volontiers me baptiseray
Parmy ce que sentence auray
Que point ne me ferez mourir.

Leuesque.

Bien est de merueilleux ouys
Que ainsi obstine estoys
Et faulx iuif/ quand tu vois/
Que ta femme te reprenoit/
Et que la douleur conceuoit:
De sa tresdiuine puissance
Que nauois tu remembrance
Or auant tu en dictz assez
Vous clercz & layz vous oyez
Et que le cas est pas luy gehy
Et pour paour de mort dict ainsi/
Quil veut bien estre baptise.

Le preuost.

Nenny/ il soit a mort iuge/

F iij

Ce nest rien qune eschapatoce
Et il pourroit faire pis entoce
Quoncques ne fist.

Le premier bourgeois.

Ce seroit mon/
Car cest vn tresmauuais glouton
Mais si ces enfans a sa femme:
Voulopent auoir le sainct baptesme/
Seroit bien faict de leur donner.

La femme du iuif.

Ie vueil dieu seruir a aymer
Et deusse aller fouyr aux champs
Car il est le plus faulx tyrant
Qui soit point en tout ce royaume.

Le filz.

Si feray ie moy par mon ame:
De son meschef me souuient bien
Ie renonce a luy tousiours:
Ha faulx mauuais traicteur
Car ie vueil estre chrestien.

Le iuif.

Auez vous renonce la loy:
Iapme mieulx seurir/car ie voy
Que tout homme mest aduersaire.

Le preuost.

Ordonnez brief quil en faut faire/
Reuerend pere/il en est temps/

Il est/ses meffaictz confessant:
La chose est toute prouuee.

      Leuesque.

Tant que soit passe la iournee:
De pasques z solemnite
Preuost Bous prie en equite/
Dous le garbez ie Bous en prie
Et puis apres nen doutez mye/
Dn y pouruoira par raison.

      Le preuost.

Sire ie feray Bostre bon
Et du tout a Bostre plaisir
Et quand Berrez Bostre loisir
Ie le menray a bonne chere.

      Leuesque.

Dr ca ma douce ampe chere
Et Bous aussi mes beaux enfans
Estes Bous fermes z creans
Que dieu descendit de lassus/
Pour racheter les serfz perdus
Par le peche du premier pere:
Et nasquit de la Bierge mere
Sans quelconque corruption
Et en croix souffrit passion
Pour nous en larbre de la croix
Du sang z eau a celle fois
Issit de son digne coste

            f iiij

Puis au tiers iour ressuscite
fut en glorification
Et que au iour de lascention
Monta es cieulx present tout homme:
Et si croyez aussi en somme:
Que tel comme vous lauez veu
En espece de pain il fut
Et est transmue dignement:
Par le benoist sainct sacrement
Que le prestre sacre a lautel.

La femme du iuif.

Pere en dieu ie le croy itel:
Et vous requiers baptisement.

La fille.

Du cueur loyal/pur/z ignel/
Pere en dieu ie le croy itel.

Leuesque.

Comment auront ilz nom.

Le second bourgeois.

Isabel/Iean/z Ieanne.

Leuesque.

Croyez vous fermement.

Le filz.

Pere en dieu ie le croy itel
Et vous requiers baptisemen

Leuesque.

Au nom de dieu omnipotent

Vous baptise par ces motz cy
In nomine patris/z filii/z spiritussancti/
Dz mes amys cy entendez
Qui vous noms leur auez donnez
Ie vous encharge daprendre
La soy z de leur faire entendre/
Ainsi que leur ay demandez:
Et quilz soyent bien endoctrinez:
En la soy premierement
Sur peine dexcommuniement
Et a vous prestre venerable
Ce sainct ioyau tresadmirable
Que nul si ne scauroit nombrer
Vous enioinctz aussi a garder
Et si nous donnons des pardons:
Cent iours du pouuoir quauons
A tous ceux qui en lenchasser
Viendront pour aumosne donner
Et si vueil quentre vous prescheurs
Nommez de ce faict les maieurs
Par tout/z a Dieu vous command.
Le prestre de sainct Iean.
Celle qui dedans ces deux flans/
Porta Iesus Christ vierge z pure
Pere en Dieu vous doint sa cure:
Qui a tout iamais luy plaist plaire
Dedans ceste deuote aumoire/

Mettray ceste digne hostie
Qui tant doit estre auctorisie
Pource que le noble prelat
A donne pardon & rachapt
De peine:cent iours a tous ceulx
Qui de donner seront songneulx/
Pour enchasser ce sainct iopel
Dieu le vous rendra bien & bel/
Et outre plus mes bonnes gens
Si ne soyez pas negligens
Qui deuant voz peulx auez veu
Le beau miracle:non pas ieu/
Sil vous plaist vous le retiendrez/
Et de bon cueur le seruirez
En maintenant sa confrairie:
Laquelle est bien auctorisee
Au propre lieu ou ce fut faict/
Sil plaist au doulx pere parfaict/
Le premier signe qui sera
Le demourant monstre sera
Du mauuais iuif obstine
Qui depuis fut ars & bruslle
Or faisons tant que chacun face
Que dieu nous doint pardon & grace.
                    ¶Amen.
          La condamnation du faulx iuif com-
          me il fut ars & bruslle de hors.

Paris/au marche aup pourceaup.
     Leuesque.

Monstrer faut par expperience
La folle erreur/a incredence
Contre Dieu a contre la lop
Du faup iuif/a son arrop/
Certes le miracle est moult haut
Official/aduiser il faut:
Sur ceste matiere present.
     Lofficial.

De grefue est au delinquent
Car le cas est trop manifeste
Il ne vous sera point deshonneste.
Monseigneur.   Leuesque.
Ie scap bien que non.
     Lofficial.

Le cas apert ou non
Cest adire il en est nouuelle.
     Leuesque.

Par tout pays la chose est telle
Enquerir nous faut de son faict.
     Lofficial.

Monseigneur ce sera bien faict.
     Leuesque.

Linquisiteur ie manderap
Et mettrap ce haut cas au vrap:
Qui est de grans auctorite
     Lhostie.

Je prieray luniuersite/
Aussi le preuost de Paris/
Qui tient en prison le iuif
Affin pour conclure du faict:
Sans faire ne proces ne plect
Quon me face tost vn huyssier
Venir a coup/τ sans tarder.

Le sergent de la court de parlement.
Ce quil vous plaira commander
Monseigneur ie lacompliray.

Leuesque.
Or entendz ce que te diray
Tu ten iras a luniuersite
Dire aux seigneurs dauctorite:
Et au recteur que ie luy prie
Venir vers nous:car en partie
Le cas luy atouche grandement.

Le sergent.
Jacompliray le commandement
A vostre vouloir tresdoulx.

Leuesque.
Apres tu ten iras au preuost
De Paris/en disant ainsi
Que luy prie quil vienne icy
De son conseil acompagne.

Le sergent.
Monseigneur nen soyez soucie/
Il sera faict/nen parlez plus

Deuoir Vous feray.

Et au surplus
Attens dea/que tu es hastif
Quil face amener le iuif
Entens tu bien tout le cas.

  Le sergent.

Ie ne fauldray pas
Monsieur ie Vous certifie
Assemblee moult anoblie
Dieu Vous gard seigneurs ʒ amps
Leuesque ma Vers Vous transmis
Que Venez a luy en peu distance
Ie men Vois faire diligence
Vers le preuost tant que ie puis.

  Le recteur.

Cest pour le faict (a mon abuis)
Du faulx iuif tresmalheureux.

  Linquisiteur

Le cas est certes tresmerueilleux/
Allons a luy par bon deuis.

  Le sergent.

Sire/monseigneur de Paris/
Mon maistre deuers Vous menuoye
En grand desir quil Vous Voye/
Vous attend si cest Vo plaisir
Deuers luy sil Vous plaist Venir
Il dict que Vous facez le faict.

   B ii

Le preuost.

Il suffist/ie scay bien que cest
De tel cas ne oys oncq parler/
Il nous faut vers leuesque aller
Sus tost entre vous deux sergens:
Soyez hastifz a diligens:
Pensez vers nous amener
Sans plus y sermonner
Ce iuif/qui en mes prisons
Est ceans pour ses mesprisons
Si linterroguerap vn petit.

Maigredos.

Monseigneur a vostre apetit
Vous laurez/ny aura deffaut.
De dieu puisse il estre maudict
Plus de peine faict quil ne vaut.

Maigredos.

Fiere personne detestable/
Maudict iuif/membre du diable
Troussez/saillez/vindez dehors.

Assame.

Sortez/de vostre maudit corps
Soit reuestu vn beau gibet/
Souffre denfer/a vn crochet
Puisse ennuit vostre ame acrocher.

Maigredos.

Regardez quel gros pautonnier:

Assame.

Que la lignee en soit maudicte.

        Jacob mousse iuif.

Mainte parolle mauez dicte
Ceste enuie qui sapplique:
En la haute loy iudayque
Je mourray/non pas en la Vostre.

        Affame.

Regardez moy cest apostre
Cest vn erreur infinitif.

        Maigredos.

Sire despechez ce iuif.

        Le iuif.

Nif iuif nif iuif nif
Et voila pour vous tous voila.

        Le preuost.

Vienca
Nas tu pas terrible forfaict:
Commis?   Le iuif.

Rien nay mesfaict
Pour vostre Jesus ne plus ne moins.

        Le preuost.

Tu tabuses:hors de mes mains
Nes pas encores eschape/
Or vienca maistre accipe
Droict ne loy ne peut eschaper
A homme mortel de pecher
Cela on dict pour fin conclurre.

               H iii

Le iuif.

Et puis que voulez vous conclurre.

Le preuost.

A ta deliurance.

Le iuif.

Trop bien.

Le preuost.

Croy Iesus.

Le iuif.

Je nen feray rien
Pour homme qui parler men sache
Et deusse tout vif a vne atache/
Estre escorche:pour vne oublie
En voz dictz ny a que folye
Jamais iamais nen croiray rien.

Linquisiteur.

Le diable le tient en son lien
Moufle ie te demande:
Vne question non pas grande
Si tu vois icy lhostie
Dis moy verite ie te prie
Jacob/la cognoistras tu pas bien.   Le iuif.
Cognoistre/nen doutez en rien
Messeigneurs si ie la vopope
Tresbien ie la cognoistrope:
De pareille ie ne vis oncques
En mon viuant.   Leuesque.

Regarde doncques
Si cest point icy lhostie.

Cest elle/ie le certifie
Elle non autre seurement
Dun grand cousteau hydeusement
En cinq pieces la departie:
Et incontinent furent remis/
Mieulx quilz nestoyent au parauant.

Le recteur.

Tu le confesses plainement
Iuif/& pourquoy ne crois tu
En Iesus Christ le plain de vie.

Le iuif.

Ie tiens trestout en fantasie
Le diable a ce pain renoue.

Le preuost.

En son erreur est obstine
Il demourra en son abus/
Seigneurs procedez au surplus
Sans tarder en plus de langage.

Linquisiteur.

Maudict iuif plein de rage
Quant a lhostie tu as faict
Tant de tourment tu vois de faict
Que cestoit puissance infinie:

Le iuif.

En voz dictz na que mocquerie
Je ne faictz fors ce que doit faire
Jesus tenons pour aduersaire
Entre nous de la loy iudayque.

Leuesque.

Puis quil est en son art magique?
Leglise a plein se desmet:
La cognoissance vous remet
Faictes fin de telz malfaicteurs.

Le preuost.

Pugny seras de tes erreurs
Jacob mousse: que veulx tu dire
Conuertis toy ne soye mye
Et pense de toy reuoquer
Croire en Jesus/a linuoquer
Cest adire viure ou mourir:
Lun de ces deux te faut choisir:
Sus acoup depesche la court.
Preuost a dire bref a court.
Jamais ie ne me desdiray.

Le preuost.

Brusler a ardre te feray
Dela ton chant a contrepoint
Ca messeigneurs venez au poinct/
Veu ces cas/termes a epces
Assez leger est son proces
Plus ne faut de luy endurer

Le iuif.

Le proces ne doit plus durer:
De mon pouuoir a pleine puissance
Sans reuoquer par lincredence
Je te condamne sans nulz apeaux
A estre au marche aux pourceaux:
Brusle a ars sans plus attendre:
Sus sergens pensez de tendre
Daller querir tost le bourreau
Froide iove apt il de sa peau
Et quil vienne sans point darrest.

Maigrebos.

Il est des le matin tout prest
Je y vois sans contredire
Maupiteux.

Le bourreau.

Que veux tu dire.   Maigrebos.

Il te faut venir au preuost
Quon se depesche a vn brief mot
Pour ce faux iuif ardre a brusler.

Le bourreau.

Il faut donc vne attache auoir.

Maigrebos.

Il ne faut auoir quune charrette
Car la besongne est toute preste/
Enteus tu bien maistre hapart.

Le bourreau.

Ha sire le diable y ayt part/

Lhostie.

H

Au iuif/ a la lignee toute:
Il ny a acquest grain ne goutte
Doicy instrument a charrette
Et la tache toute preste:
Il sera tantost expedie/
Montez a mont peu soucie
Dous sentiez tantost le rost.

Le iuif.

Que tu tabuses bien preuost
Mais que ie puisse auoir mon liure
Ie seray au pur a deliure/
Des tes mains/ie le te declaire
Que tu ne me pourras meffaire
Ne ton Iesus ne sa puissance/
Ne mescauriez faire nuysance:
Bref ne greuer mon corps en rien.

Le preuost.

Esprouuons ce magicien
Cest enchanteur soit esprouue
Da querir son liure affame
Pour le conclure a final point/
Tost acoup narreste point/
Chemine chemine/tost deuant
Bourreau narreste tant ne quant
En vn beau brasier le me liure.

Le iuif.

Mon liure/mon liure/mon liure.

Le Bourreau.

Maigredos chausse tes ergotz
Metz apoint costretz & fagotz
Dommage est quon le laisse viure.

Le iuif.

Mon liure/mon liure/mon liure.

Le bourreau.

Je men vois latache asseurer:
Feu & bourrees preparer/
Sa mort ie desire poursuyure.

Le iuif.

Mon liure/mon liure/mon liure.

Le preuost.

Faulx vilain iuif es tu pure.   Affamè
Voila le liure quil demande.

Le preuost.

Iuif/est ce cy ta demande/
Est ce liure que me requiers
Quon luy baille ie vous requiers
Sans attendre plus longuement.

Le iuif.

Ouy:cest cestuy voirement
Cest il:or nay ie meshuy garde
O diable il me semble que iarde
Diables diablee/ie brusle & ars
Ie ars/ie brusle de toutes pars
Ie depars en feu & en flamme
Mon corps/mon esprit & mon ame

H ii

Bruſlent ⁊ ardent trop arſamment
Diables venez haſtiuement
Et memportez a ce beſoing. Le preuoſt.
Vous voyez de pres ⁊ de ſoing
Le iuif plein de mauuais artz
Luy ⁊ ſon liure ſont tous ars
Et en la charette broups.

Affame.

Meſſeigneurs ⁊ mes chers amps
Qui auez veu ce beau myſtere
Du faux iuif ⁊ deputaire
Que maudit en ſoit la nation.

Maigrebos.

Affin quil en ſoit mention
Et meſmement dedans Paris/
Quen lhoſtel du maudict iuif
Soit fonde vn monaſtere.

Le preuoſt.

Or vray dieu ⁊ debonnaire
Quel noble miracle voicy
Je te rendz grace ⁊ mercy
Prenez y tous ⁊ toutes exemplaire.

Affame.

Il eſt paye de ſon ſalaire/
Ce faux iuif de toutes pars.

Maigrebos.

Luy ⁊ ſon liure ſont ars

fy de luy a de tous ses artz/
Il est payé de son salaire.

La mauuaese femme.

Cercher me fault autre repaire
Je suis bien de malheure nee
Et a malheur habandonnee
Judas la chair Jesus vendit
A bons deniers/a moy anssi
Femme du diable condamnee
Qui la chair Jesus a liuree
Au iuif:pour faire grand chere
O qu'est ce de femme legere:
Helas que pourray ie esperer/
Ne a qui me conseiller
Au vray ie nen scay que dire
Je men vois sans plus mot dire
Hors de la ville de Paris
Cercher seruice a Senlis:
Pour gaigner ma paunre vie
En ceste belle hostellerie:
Men vois tout fin droict demander/
Vous plairoit il a regarder/
La pauure femme a indigent
Qui voudroit pour bien peu dargent:
Vous seruir/sen auez mestier.   Lhoste:
Et combien voudriez vous gaigner.

La mauuaise femme.

De bien peu ie seroye contente.
Lhostesse.
Si faut il scauoir Vostre entente
Or nous dictes Vostre Vouloir.
La mauuaise femme.
Jaymeroie mieux moins auoir
Et que Vous soyes agreable.
Lhostie.
Cest Vne seruante honorable:
Cest le meilleur que la prenons.
Lhostesse.
Hampe nous Vous retenons
Seruez bien:Vous aurez du bien
Mais toutesfois gardez Vous bien/
Des facons de nostre Varlet.
La mauuaise femme.
Jamais madame si dieu plaist
Helas ie suis ia toute dure.
Lhostesse.
Il Vient Vn diable dauenture/
Qui maintesfois Vn grand mal faict:
Du es tu dy bau Gillet?　　　Le Varlet.
Que Vous plaist il madame chere?
Lhostesse.
A ceste neuue chambriere:
Fault monstrer dessus & dessouz
A ramonner par tout:tout doux

Quant a cestuy commencement.
Le Varlet.
Laissez moy faire hardiment
Ne scay ie pas bien que ce vaut:
Ramonner tout faut bas & haut:
Entendez vous gente troquette.
La mauuaise femme.
Et hay de par dieu lourdaut.   Le Varlet.
Haro que vous estes friquette.
La mauuaise femme.
Dieu que de parolles perdues.
Le Varlet.
Ce sont les plus tost abatues
Que ceulx qui font tant de renchere
Par le corps bien mampe chere
Il faut que nous couplons nous deux
Ie suis de vous si amoureux
Quoncques ie ne fuz a tel trect.
La mauuaise femme.
Et que cest bien dit gillet:
Quel follastre:nauez vous honte.
Le Varlet.
Par ceste croix vous rendrez comte
Auant quil soit an & demy.
La mauuaise femme.
Morte ie vouldroye estre en fosse/
Helas helas ie me sens grosse

Que feray de ce faict icy.
Quauez vous a vous plaindre ainsi/
Respondez mampe.
La mauuaise femme.
Ie nay rien madame.   Lhostesse.
Ie croy par mon ame
Que vous estes grosse denfant.
La mauuaise femme.
Madame vostre honneur deuant
Grosse: vous le dictes a tort.
Lhostesse
Sainct Mor le ventre vous lieue fort
Si riens y a dictes le nous
Gardez ce qui est entour vous
Quoy quil en soit entendez vous bien.
La mauuaise femme.
Grosse/ie ne le suis en rien
Vous me changez a tresgrand tort.
Lhostesse.
On sen raporte a vous au fort:
Nen faictes point du tout le pire.
La mauuaise femme tient la sem=
blance dun petit enfant.
Helas ie suis en grand martyre/
Maintenant me faut enfanter.
Comment le pourray ie celer/

Affin que iamais nen soit bruict
Le diable ie crop me induict
Voicy comme le celeray
Dedans ce fiens lenterreray/
Ie crop que nul ne le scaura
Cest faict.   Lhostesse.
Chambriere Venez ca/
Il faut quaucun mal en Vous entre/
Comment Vous auez plat le Ventre
Comment cest Voftre fruict fine?
          La mauuaise femme.
Autresfois mauez desine
Que iestoye grosse madame
Oncques ie ne le fus sur mon ame
Maistresse pas ne dictes bien.   Lhostesse.
Tu ne men aprendras rien
Ie me cognois trop a ce faict
Or me dy que tu en as faict
Et ne me cele ton Vice
Ie iray deuant la iustice
Si tu ne me dictz la Verite.   Lhoste
Dy hardiment ton cas:cele
Sera/mais que dies le Voir
Ou sinon tu peux bien scauoir
Que auiourdhuy est faict de ta Vie.
          La mauuaise femme.
Mercy humblement ie Vous crie
     Lhostie.   I

Et que vous celez mon meffaict. **L'hostesse.**
Or me dictz donc quen as tu faict
Hardiment ne me celle riens.

La mauuaise femme.
Ie lay enfouy en vn fiens:
Helas ie vous crie mercy madame.

L'hostesse.
O meurtriere mauuaise femme
As tu meurdry ton propre enfant. **L'hoste.**
Ien vois aduertir pourtant
Monseigneur le baillif de Senlis
Affin que nen soyons reprins
Et quon ne me trouue coulpable.
Baillif de Senlis honorable
Aduertir ie vous viens dun faict
De crime horrible forfaict/
Comme de ce faire suis tenu.

Le baillif de Senlis.
Qui a il/quest il aduenu. **L'hoste.**
Sire ie vous diray bien en bel
Verite est quen mon hostel
Iay vne chambriere monsieur le baillif/
Laquelle ma sept ans seruy:
Or est aduenu dauenture
Vn cas/mais ce nest que nature
Elle a este grosse de faict
Mais son enfant elle a deffaict

Lequel a par couuers moyens
Enfouy dedans vn fyens
Sien viens aduertir iustice.   Le Baillif.
Cest vn horrible malefice
Digne de grand pugnition
Sus sergens sans dilation
Diligemment ʒ a grand erre
Allez moy vne femme querre:
Que cest homme vous monstrera
Sire:monstrer il vous fauldra
A ces gens cy:bien lentendez
La femme que vous accusez
Pour en faire iustice ʒ raison.   Lhoste.
Ie leur ouuriray la maison
Ou est elle la chambriere?   Lhostesse.
Elle est allee la derriere. La mauuaise fēme.
Que me voulez vous mon maistre. Lhoste.
Hampe il vous faut changer estre
Il vous conuient party dicy.   Maigredos.
Deuers monseigneur le baillif
De Senlis:vous conuient venir.
      La mauuaise femme.
Cest faict de moy/ie vois mourir
vray dieu ie te requier mercy.   Affame.
Nayez point le cueur esbahy
Presentement vous faut venir
Quoy quil en soit/sans point mentir
            J ii

Par deuers monsieur le baillif.
La mauuaise femme.
Adieu mon maistre mon amy. **L'hoste.**
Jesus vous vueille secourir. **La mau. fême.**
Adieu ma maistresse aussi. **Maigrebos.**
Regardez monsigneur voicy
La femme que mande auez. **Le baillif.**
Orca mampe vous voyez
Que iustice est informee:
Dun grief cas estes accusee
Sur ce qui vous est accusant
Que enfouy auez vostre enfant
En vn fiens/ qui est chose amere
Telle nest mye vraye mere/
Qui en ce point destruict son fruict
La voix est/a le commun bruict:
Que le cas auez perpetre. **La mauuaise fême.**
Sire ie vous diray verite
Bien voy quil est faict de ma vie:
Jay bien faict plus grande folye:
Et plus grand crime a offence
Qui me remet en conscience
Sept ans a(pour dire voir)
Que ie denope receuoir
Au iour de pasque mon sauueur:
La saincte hostie par malheur
Ay vendu a vn faulx iuif

Qui a esté brusle a Paris
Sans plus en faire inuentoire.　Le baillif.
Jay de ce cas assez memoire/
Pour ceste sentence inferer
La verite ne dois differer
Puis que ces deux cas confessez.
　　　La mauuaise femme.
Faictz les ay.　　　　　Le baillif.
Il suffist assez/
La sentence faict estre esparce
Je te condamne a estre arce
Aupres du gibet de Senlis
Sus sergent soyez ententifz
Allez moy tost le bourreau querre.　Affame.
Je y vois bien tost a bonne erre:
Vers iustice faire deuoir.　　Maigredos.
Il te faut vne femme ardoir
Aporte tous tes instrumens.　Le bourreau.
Je luy feray croistre les dentz
Dun pied/il nen faut point douter.
　　　Le baillif.
Sus bourreau va executer
Ceste femme/ie la te liure.　Le bourreau.
La sentence ie vois poursuyure
Deuoir feray auant que ie cesse/
Priez pour ceste pecheresse:
Que dieu luy ayde par sa douleur
　　　　　　　J iij

La mauuaife femme a genoux.

O mon createur:o mon redempteur
O mon fauueur Jefus mon amy
Je te cry mercy en ce monde cy
Las ie te vendis au iuif maudict
Ce cruel meffaict/o douy Jefus Chrift
Mon enfant meurtry:dont ay repentance/
Et en ta grand hauteffe.　　Le bourreau.
Je nentens point cefte fineffe.　Le Baillif.
Sus depefche toy ie te prie.

Le bourreau.

Prenez en gre fa mort mamye
Ne penfez qua Dieu feulement.

La mauuaife femme.

Auffi faictz ie veritablement
Jefus feigneur du firmament
Je te prie benignement:
Que tu prennes de moy mercy/
On ma dict que tu dictz ainfi
Que fa mort ne veuy du pecheur
Secours mon ame/mon fauueur
Regarde a ma grand contriction
Et moctroye remiffion
Vois fil te plaift mon cueur contrict/
Bon Jefus Jefus. In manus
Tuas commando mon efprit.

Le bourreau.

Monseigneur pensez au surplus
De nous en aller a la retraicte
Car acomply est/⁊ parfaicte
La sentence par vous donnee.
   Le bailly.
Nostre execution acheuee
Nous nauons plus icy que faire
Chacun sen aille a son affaire
Nous prirons Jesus le fruict de vie
Qui est la vraye ⁊ sacree hostie
Dont son faict tous les ieudys de lan
A paris en greue a sainct Jean/
Grand solemnite de la saincte hostie
Toute femme grosse ⁊ benie
Aussi font les gens grands ⁊ petis
Jesus nous doint a la fin Paradis.
   Amen.

  ❡ Sensuyt les noms des per=
 sonnages dudict mystere.

   ❡ Et premierement.

La mauuaise femme commence.
Le iuif.
La femme du iuif.
Le prestre de sainct Merry.

Le premier bourgeois de Paris.
Le second bourgeois de Paris.
La fille du iuif.
Le filz du iuif.
Martine la bonne femme.
Le premier enfant de Paris.
Le second enfant de Paris.
Le prestre de sainct Jean.
Le preuost de Paris.
Le premier sergent.
Le second sergent.
Leuesque de Paris.
Lofficial de Paris.
Le sergent de la court de parlement.
Le recteur.
Linquisiteur de la femme.
Le bourreau.
Lhoste de Senlis.
Lhostesse de Senlis.
Le Varlet.
Le baillif de Senlis.

Fin du mystere de la saincte Hostie.

www.ingramcontent.com/pod-product-compliance
Lightning Source LLC
Chambersburg PA
CBHW070821260626
47161CB00006B/2365